마른 나뭇가지에
연둣빛 물이 오르다

마른 나뭇가지에 연둣빛 물이 오르다

초판인쇄 ㅣ 2024년 11월 20일
초판발행 ㅣ 2024년 11월 25일

지 은 이 ㅣ 황재연
펴 낸 이 ㅣ 배재경
펴 낸 곳 ㅣ 도서출판 작가마을
등   록 ㅣ 제 2002-000012호
주   소 ㅣ 부산시 중구 대청로141번길 3, 501호 (중앙동, 다온빌딩)
            T. 051)248-4145   F. 051)248-0723   E. seepoet@hanmail.net

ISBN 979 - 11 - 5606 - 275 - 2   03810   정가 11,000원

※ 본 도서는 2024년 한국예술인복지재단의 창작디딤돌사업을 지원받았습니다.

ΛΛ∕ 한국예술인복지재단

마른 나뭇가지에
연둣빛 물이 오르다

황
재
연

시
집

도서출판

작가마을

시가 백 리쯤 먼 곳에 있는 것도 아닌데
너무 매정하게 멀리했다.
세 번째 시집을 내고 십이 년
나는 안채에서 먹고 살고
시는 내 마음 별채에서
떠나지 않고 홀로 살은 듯하다.

나를 무한히 불렀을 텐데도
귀가 작아 듣질 못했다.

미안하다, 시여
슬픔과 기쁨이 온 길을
다시 그리워하며 더듬어 가야겠다.

이천이십사년 십일월
이랑, 황재연

차례 _ 황재연 시집

1부

마른 나뭇가지에 연둣빛 물이 오르다

2부

차례 _ 황재연 시집

3부

마른 나뭇가지에 연둣빛 물이 오르다

4부

황재연

마른 나뭇가지에
연둣빛 물이 오르다

01

돼지국밥

배고프고 허기지면 돼지국밥집으로 간다
소문난 돼지국밥집, 과연 소문난 대로다
오늘도 남자들 모심어 놓은 것처럼 빽빽하다
빽빽한 남자들 속으로 부끄럼 없이 쑥 들어섰다

출판사에 넘겨야될 원고는 까마득하고
내 몸의 배터리는 10%도 남지 않았다
국밥 한 그릇이 방전된 내 몸뚱이
100% 충전해주고 구원해 주길 바라며
국물에 코 처박고 돼지처럼 꿀꿀거리며
국밥 한 그릇 다 해치웠다
오늘은 돼지처럼 배가 부르다

시집이 나오면 제일 먼저 사장님께
인사하러 가야겠다
사장님, 제가 국밥의 힘으로 시를 썼어요
국밥이 시를 쓰게 했고 국밥이 시를 쓰도록
나를 일으켜 세웠어요
가난한 집에 시 한 편 보태줘서 고맙습니다

〉

네 번째 내 시집을 완성해 준
돼지국밥 만세!

동백꽃에게 문자나 날릴까

다대포 몰운대로
일몰이나 보러 갈까
다대곶에
짙은 안개가 끼면 어쩌나
별이 눈뜨기 전
서쪽 끝자락 넓적 바위에
부은 발 벗고
벌건 노을 강에 빠졌다 올까
물안개가 올라오면
막걸리나 한 잔 할까
늙수그레한 소나무 옆에 앉아
인생에 대해 이야기나 하다 올까
그것도 심심하면
양손에 신발 벗어들고
잘박잘박 바닷물을 건너볼까
갯벌에 빠졌다 올까
그래도 심심하면
'꿈의 낙조 분수' 추락하는
물별들이나 줏으러 가자고
동백꽃에게 문자나 날릴까

오늘 무슨 날이지?

축하공연이라도 하는 듯
꽃잎은 나풀나풀 춤추고
나뭇잎은 여기저기 손뼉 치고
나무는, 새들 불러 모아
한 곡조씩 뽑으래

청중은 청솔 다람쥐 가족
외로운 돌멩이 형제들
멀리서 시골 버스 타고 온
도토리, 솔방울 친구들
집도 절도 없다던 개망초꽃도
앞줄에 앉았네

멧돼지가 새끼를 낳았나?
불임 중인 은행나무가 임신을 했다고?
산 꿩이 잃어버린 제 새끼를 찾았을 리!
앞만 보고 가던 계곡물도
즐거워서 즐즐즐즐
하얗게 마음 비웠다던 자작나무도

가을 되면 잎 진다고 슬퍼하던 오리나무도
허허허허 웃어 쌌네
오늘 무슨 날이지?
봄날이이지

바람개비

제주시 구좌읍 당근밭 옆에
외따로 서 있는 푸른 집 한 채
새들만 가끔 안부를 물어보는
이 집 주인은
돌담 옆에 끼워놓은
낡은 바람개비다

바람이 마실 오지 않으면
외롭고 적적하다
혼자 돌고, 돌다가 만다

허름한 돌 틈새 오도 가도 못하고
바람을 기다리는, 바람개비

오! 드디어 춤을 춘다

빙글빙글 뱅글뱅글
돌고 돌리고

왜 이제 왔어?
뒷산에서 몰래 내려온
바람난 바람을 부둥켜안고

바람이 바람개비가 되고
바람개비가 바람이 되어

용문사 목련*

용문사 극락전 앞
백목련 자목련 나란히 서서
나에게 한 말씀 하신다
왔다가 간다고 하지 말거라
갔다가 온다고도 하지 말거라
네 오늘 극락에 왔으니
극락이 따로 없음을 알고 가거라
꽃 지는 게 하도 서러워
목련 앞에 걸음 멈추고 있는 내게
꽃 한 송이 떨어뜨리며 천둥같이 법문하신다

꽃도 사람도 가는 길 기약 없어라
내일은 아무도 가본 적 없는 곳이니
오늘 사는 곳이 극락 아닌가
전생 업 바꿀 수 없듯이
오늘 집으로 가는 길 또한 바꿀 수 없는 일

백목련 자목련 봄을 보내시며
또 한 말씀 내려놓으신다

미움도 욕망도 꽃 지듯 놓고 가라는

* 용문사 : 경상북도 예천군 용문면 내지리 391번지

소의 그렁그렁한 눈으로 들여다보면

내 몸속에 편두통약이 있고
약을 먹고 뒤척이는 불면의 긴긴밤이 있고
말라버린 씨방이 있고
빙하가 있고
속을 가늠할 수 없는 검은 늪이 있고
떠나버린 첫사랑이 있고
스며든 빗물이 있고
노래도 침묵도 삼켜버린 몇 필의 파도가 있고
희망을 기다리는 빨간 우체통이 있고
속살 깊은 바다가 있고 지울 수 없는 물결이 있고
서러운 건 보내고 혼자 남은 빈 술병이 있고
이 모든 것들 껴안고
하루에도 몇번씩 접었다 펴는 그리움이 있고
어디로 고삐 쥐고 데려갈 수도, 멀리 갈라놓을 수도
없는
이 눈물겨운 것들 위에
소리 없이 깃드는 쇠잔한 저녁 빛

폭포

저렇듯 우렁찬 슬픔이
나에겐 없는데

다만 너럭바위에 앉아
흐르지 않는 시간을 견뎠을 뿐인데

천 갈래 만 갈래 흩어지는 물결을
흘려보냈을 뿐인데

저 울음의 뿌리를 넘어뜨릴
절벽은 나에겐 없는데

다만 한 사람을
쏟아 내고 쏟아 내고
싶었을 뿐인데

봉숭아꽃 붉게 피면

여자가 큰소리로 이를 보이며 웃는 것은 흉하다고
어릴 적 아버지께서 하시던 말씀
나는 다 클 때까지 입을 손으로 가리며
소리 없이 웃었지요

어쩌겠어요 아버지는 엄하셨고
나는 아버지의 말씀을 거역할 수 없었거든요
그러다 보니 웃는 것도 참 힘들었어요
웃음이 나올라치면 왼손은
웃음보다 빠르게 입으로 올렸지요
근데 참 이상하죠 생각해보면
오른손을 올려 입을 가린 적은 한 번도 없었거든요
오오 그러고 보니 제가 왼손잡이였어요

그런데요, 사는 게 힘들어
속울음 꺼내려할 때 어떡해야 하죠
아버지는 가르쳐 주지 않으셨어요
울음과 웃음은 생판 다른데
울음이나 웃음이나 속에서 나오는 것이니

다르지 않다고 하셨을까요

앞마당에 봉숭아꽃 붉게 피면
붉은 꽃 푸른 잎 한 웅큼 따서
손톱에 꽃물 들여 주시던 아버지 생각나
소리 없이 울고 맙니다

노을 지는 저녁

노을 지는 툇마루에 앉았던 것 같습니다
바람 속에 은은한 나무 냄새도 나는 것 같았구요
풀벌레와 나뭇잎 사각거리는 소리도
심심하지 않게 들렸어요

조용하지만 무심하지 않은 그 사람이
초가을 저녁 바람 한 자락
내 어깨 위에 걸쳐 주었습니다

둘만 웃을 수 있는 가벼운 농담과
둘만 아는 몸짓, 둘만 아는 밤 인사
누구라도 앉으면 편안했던
툇마루 같은 사람
고요하지만 적막하지 않은 사람

그렇게 당신을 기억하고 싶습니다

오랜 세월이 지났는데, 다 지난 일인데
그 맑은 저녁이 어제저녁 일인 듯

얼핏얼핏 떠오릅니다

떠나보낼 수 있었지만
떠나보낼 수 없었던 그 붉은 사랑

전생의 여자

마음이 얇아 깨어지기 쉬운 여자였다네
술에 물탄 듯 물에 술탄 듯 맛없는 여자였다네
평생 싸우며 살아도 참게같이 걷는 서방도 가진
여자였다네
단단하지 못해 잘 패이기도 하는 못난 여자였다네
너무 무성해 뜯어내고 싶은 그리움 많은
여자였다네
소주 한 잔 걸치고 소주 한 병의 울음 우는
가량맞은 여자였다네
전생, 그 여자
있는 듯 없는 듯 없는 듯 있는 듯
하얗게 부서지는 달빛 같은 그 여자
먼먼 이승까지 타박타박 따라와
내 이름 석자 같이 쓰고 있네

봄날은 사랑처럼 짧고

사랑할 땐 불이지만, 그 상처는 얼음이더라
사랑이 가면 그냥 가나
머리카락으로 숨겨둔 원형탈모처럼
수국꽃더미만 한 상처 남기고 가지

봄날은 사랑처럼 짧고
사랑은 봄날처럼 짧아
사랑이 끝나, 속에 얼음 잡힐 때
그 얼음 녹아 눈물 될 때
그 눈물 그리움 될 때

상처가 꽃이니, 꽃 뒤에 숨어버린

그도 알리

꽝꽝나무

제주도 바닷가 옆 산기슭에서
꽝꽝나무 본 적 있다
어쩌다 꽝꽝나무?

불 속에 던져넣으면
잎 속의 공기가 부풀면서
잎이 탈 때 꽝꽝 소리를 낸다고
꽝꽝나무래

근데, 꽃말이

'참고 견디어 낼 줄 아는' 이라니
허, 세상에 참을 것도 많고 많은데
어찌 불 속에서 참고 견디어 내라고?
무정도 하고 모질기도 하다
크고 우람한 나무도 아니던데

그래, 분명 견딜만큼 견뎌보다가
타닥타닥이 아니고 꽝꽝 폭발했을 것이다

주먹 크다고 싸움 잘하나

불에 타면서도 허공이라도 냅다 '꽝꽝'

더런 세상하고도 '꽝꽝'

연필꽂이

잠깐 여기서 기다리라 해놓곤
서점에서 그녀가 사라졌다

내가 몇 권의 책을 한참 뒤적이는 동안
부근 문방에서 목재 연필꽂이를 사가지고 와선
엄마가 좋아할 것 같아서, 라며 쑥 내민다

사람 마음을 훔쳐보는 재주를 가졌는지
내 맘에 꼭 드는 조각과 글자가
음각으로 새겨진 연필꽂이다

살다 보면 마음을 울리는 순간이 있다
지리산에서 때 이른 첫눈을 만났을 때도 그러했다

언제나 엄마 먼저 생각하고
나랑 화음이 척척 잘 맞는 그녀
실은 이렇게 잘 맞춰주는 마음이 얼마나 고마운가

내 집에 돌아가면 가까이 두고

특별한 것을 담아두리라
아름다운 문장 앞에 서성이던 마음을
우리를 끌고 다니던 서점의 따뜻한 불빛을
몇 발자국 뒤에 느리게 느리게 따라오던
그녀와 나의 오붓한 저녁 시간을

깨진 접시

접시를 깨뜨렸다
날카로운 비명이 가슴을 찌른다
저 둥그런 가슴 위에 많은 걸 얹었었는데
말랑말랑하고 달콤한 것들 그득하게 얹었었는데
따뜻한 슬픔도 덜어 먹었었는데
부드럽고 둥글던 것이, 반짝이며 곱던 것이
깨어지고 나니 모두가 싸늘한 각이다
깨어진 접시는 접시가 아니지
깨어진 사랑은 사랑 아니 듯이
날카로운 추억이고
한순간 그리움일 뿐이지
산산히 부서진 사랑도 저랬든가
날카로운 기억이 가슴을 찌른다

꽃대

하염없이 붉은 꽃을 피워올리던 제라늄이
생을 다한 것 같다
꼿꼿하던 꽃대 굽어지고
자잘한 꽃잎들 검게 타들어 간다
시든 꽃대 싹뚝 잘라내면 그만인 것을
며칠째 그냥 바라보고만 있다
이파리 쪼그라들고
꽃대 바싹 마를 때까지 이대로 둘 참인지
마음이 선뜻 가위를 들지 못한다

오! 그래 그 병원에 놔두고 온 꽃대 있지
영양 주사 끊고, 배뇨 줄 끊고
생명을 이어주는 줄이란 줄 다 끊고
그러고도 몇 날 더 사시다 가신 울 엄마
가망이 없다고, 가망이 없다 해도
마음의 꽃대 자르지 못하고
그저, 바라보기만 했던

봄비

술의 첫 잔을 봄비라 하면 안될까요?

못 잊을 추억을 적시고

몹쓸 그리움 대패질하는

봄비를 술의 첫 잔이라 하면 안될까요?

전생 내 몸이었던 것인지

꽃의 몸이었던 것인지

마음 끝 벼랑에 와

꽃 지우는 설움 우는

저 아련한

젓가락 장단으로 내리는

봄비를

02

나무 같은 사람

같이 있으면 나무 보듯 편안하고
기대고 싶고 나무 안듯
안고 싶은 사람이었다

산을 좋아해서 나무가 되려고
산을 올라가던 푸르고 따뜻한 사람이라 알고 있
다

나무같이 단단한 사람도 병이 드나 보다
품이 넓어 앞산 뒷산 다 품고 살던 그가
아프다고 한다

살아 있으니 아픈 거라 생각하면서도
운 나쁜 사람은 이 세상에
태어나지도 못한다고 하면서도
나머지 생은 운빨로 살아남자 한들
다 무슨 소용이람

애틋함이 아닌, 오래 보지 못한 반가움으로

그를 만나러 가야겠다

귀뚜라미가 맑고 고요하게
슬픈 곡조로 울고 있다

아, 서글픈 가을이다

사랑에 대하여

사랑은
일몰 후에 오는 공복 같은 것이거나
눈꽃 등을 달고 꼿꼿이 서 있는 겨울나무의
통증 같은 것이거나
마음 안쪽이 닳고 닳아져서 움푹 파인 여물통 같은
것이거나

한 사람을 두고 잊었다 할 때보다
잊어야겠다 고 할 때의, 그 슬픈 말

사랑을 건너온 자리는
달이 지나간 자리처럼, 별이 떴다 사라진 자리처럼
왜 흔적 없이 지워지지 않을까
하품할 때 스며 나는 눈물처럼
생각만 하면 왜 몇 그램의 슬픔이 글썽해지는 걸까

잊었다고 잊혀졌다고 천만번 생각하면서도
다시 천만번 미워지는,
사랑은

한도 초과

내가 쓸 수 있는 카드는 단 한 장
내가 살 수 있는 인생도 단 한 생
카드도 유효 기간이 있고
생도 유효 기간이 있다

그런데 오늘 나한테 인생이 찾아왔다
한도를 좀 늘릴 수 있냐고

그리움을 쓰고, 슬픔을 쓰고, 이별을 쓰고, 쓸모없
는 시간을 쓰고
생을 너무 많이 썼다
한도 초과라 고개를 흔든다

내가 여태 산 삶이 내가 살은 걸까?
누가 대신 살은 게 아닐까?

만약에 생의 카드를 재발급 받을 수 있다면
20대만 사용하겠다
서른 살과 마흔 살의 저녁도 조금 끼워 넣겠다

〉

한도가 얼마 남지 않은 카드를 들고
며칠치 먹을 생을 사러 마트에 간다

동래 산성

막걸리를 드시면서 그대는 무슨 생각을 하시는지
건너, 사람들의 표정은 막걸리보다 맑고 희데요

나는 막걸리를 마시면서 가을빛은 선명한데
선명하지 않고 갈 앉은 한 사람을 생각했지요

희고 찬술을 마시면서 벌겋게 올라오던
마음도 단풍 들던 어느 가을날을 소환했지요

술 한 잔에 묵 한 토막을 아슬아슬하게
집어 올리던, 집어 올리다 부스러트렸던

사랑도 동강 났던,

왜, 그 가을날 저녁이 생각났던지요

낙원, 낙원, 나는 지금 낙원에 살지 못하고
동래 산성 낙원 고깃집에 와서 낙원인 듯 즐겁네요

봄, 여름, 가을 꽃시절 다 놓치고
꽃물 몇 잔 달여 마신 듯 꽃처럼 붉어져
세상에 없을 그대를 생각합니다

선뜩하게 내 뒷덜미로 먼저 오는 가을
내 뒤편에 있는 사람이 생각나게 하는 계절
가을은 가을인 것 같네요
못 잊을 기억들이 산인 듯 에워싸는 걸 보면요

사진첩을 정리하며

너무 많은 사진
너무 오래되어
인연도 기억나지 않는

이 세상에 없는 사람
내 마음 안에 없는 사람

골라내는 데 한나절이 걸렸다

세월 가면 남는 건 이별밖에 없는데
세월 가면 남는 건 사진밖에 없다고

멈추어진 시간들, 오래 들여다본다
그때 신었던 분홍구두는 낡아서 버렸다
그 구두 신고 만났던 사랑도 옛날에 버렸다

지금의 내가 이 사진 속의 나였을까
사진 속엔 꽃가루만 한 시름도 없다

도깨비 같은 시간들

그곳에 함께 있었던 얼굴 다 어디로 갔나

폐지 속으로 한 묶음 인연을 내보내며
꽃을 버릴 때처럼 아프다

너를 버릴 때도 꽃을 버릴 때처럼 그러했다

아직도, 봄

풀잎 같은 여자가 내게 말한다
끝물은 달다고, 노을이 더 아름답다고
마른 나뭇가지에도 연둣빛 물이 오른다고
우리 마음 안엔 아직도 홍옥 같은
마음이 들앉아 있다고
탱고 같기도 하고 왈츠 같기도 한
오래되어 낡은 나의 친구 문경아!
너가 좋아하는 국수와
내가 좋아하는 아이스크림과
올 가을도 함께 늙자

립스틱 짙게 바르고
덕천동 쇼핑거리를 어슬렁거리며
3만 원 주고 산 꽃분홍 블라우스 들고
참새 방앗간 만 한 찻집에 앉아
오늘 먹은 커피 맛에 대해, 팥빙수에 대해
더운 차를 몇 번이나 가져다주는
찻집 주인의 다정에 대해, 사사롭고 소소하지만
우리들 이야기는 첫사랑처럼 늙지 않는다

〉

인생의 봄은 갔어도
우리는 아직도, 봄

그, 꽃

누가
꽃집 앞에서 슬그머니
발목을 잡았어

오렌지 재스민이래

향기는 천리향까지는 못가도
얼굴도 미스롯데 뺨칠 정도는 아니지만
몸매만은 풍성했어

꽃집 새댁이 매파처럼 다가와

성격도 까다롭지 않고
몸값도 헐해서
요즘 제일 인기가 많은 애라나

이승철이 부른 말리꽃
그, 꽃이라나

나, 오늘 이승철을

헐값에 사서

내 품 안으로 데리고 왔지

무말랭이

그녀가 준 잘 조미된 말랭이를
저녁 식탁 한가운데 내놓았다

무가 가녈가녈한 말랭이가 되기까지
그녀는 테라스에 쪼그리고 앉아 몇 번이나 뒤적였
을 고
뒤적이면서, 오래된 눈물도 꼬들꼬들 함께 말렸을
까

가을볕은 고 작은 발로 자근자근 밟아
물기를 빼주었을 것이고
바람은 무등 타고 앉아 살랑살랑 부채질하며
곁에서 도왔을 것이다
저녁노을 설핏설핏 묻어있을 것이다

밥 한 숟가락 퍼올릴 때마다
눈 젓가락이 그쪽으로 간다
눈이 먼저 집어 먹는다
마른 햇볕 가루가 고소하게 씹힌다

바람의 숨결이 쫄깃거린다

사람에게 사랑은 식량과 같은 것이구나
나, 한동안 배고프지 않겠다

참새들의 아침

우리 동네 참새들은 새벽 5시면 기상이다
몸속 생체시계에 알람을 켜둔 걸까
깨는 것도 소란스럽다
오늘은 숲속 5일장이 서는 날인지
다른 날보다 시끌시끌 아침 멀미가 난다

한바탕 소란이 잦아들면
어린이 놀이터에 아침 운동하러
아기참새들 하나둘 모여든다
폴짝폴짝 뜀뛰기도 하고
살랑살랑 그네 타기도 하고
심심하면 나무 잎사귀에 올라타기도 한다
나뭇잎은 눈곱을 떼어주며 큰엄마처럼 안아준다

막대사탕 같은 나뭇가지 물고
팔짝팔짝 몸도 가볍다 햇살보다 가볍다
동네 아이들 버리고 간 과자부스러기 주워 먹으며
아침 허기 달랠 때 쯤
5일장 보고 온 어미 새들

짹짹짹짹 새끼들 불러모은다

우리 동네 참새들은 흰 깨꽃같이 참 예쁘다

서울 가는 길

길 떠나기 좋게 가을비 내린다
짧은 여행이든 긴 여행이든
여행은 밥보다 맛있다
아무 일이나 생겨도 좋고
아무 일이나 생기지 않아도 좋다
몸은 풍선처럼 가볍고
마음은 꽃처럼 붉어진다

동대구역 빗금 긋고 지나자
여러 해 보지 못한
혼자 사는 숙이가 생각나고
대전역 당도하자
예쁜 까페 차려놓고
인생 후반 멋지게 사는
경아도 생각난다
용인 지나자 할머니 되었다고 좋아하는
올케의 웃는 얼굴 환하게 따라오고
서울 가까이 오니
멀리 있어 늘 그리웁게 만드는

이수, 이지 생각난다

어느 길 끝에도 그리운 이는 있어

세상 어디에나 다
그리움이 숨어 산다

처마 끝 물방울

소낙비 한 줄금 긋고 간 아침
처마 끝에 매달린 물방울 물방울

누가 저 통통한 엉덩이
밀어버릴 듯, 밀어버릴 듯, 밀어버리네

저, 작은 우주를
은빛 둥근 구슬들을

몸을 담고 있던 작은 유리그릇들
깨어진다

이제 복숭아나무 꽃피는
과수원으로 갈 것이냐
얼어붙은 갈참나무
뿌리에 가 닿을 것이냐

험하다 거기까지
백 년은 걸릴 것이다.

울음

귀뚜라미는 울기 시작하면
한 번에 삼백 번 정도 울음 운다고 하는데
그러고 보면 그 조그만 몸은
울음통이 절반이겠다, 몸통이 슬픔이겠다
처량한 달빛 때문에 우는 건지
애달픈 생 때문에 우는 건지

명사실로 깊은 적막 박음질해 나가는
저 알 수 없는 곡성,
내 가슴 난타하며 넘어 들어오는
울음 꼬리 잡고
나, 오늘밤 눈깃머리 적시며 울어 보는데
먼 산 깊은 골짝 같은 내 울음소리
싱겁다, 모창일 뿐이다

울지 않으면 살아갈 수 없는 건가
하기야, 울어야 할 아무것도 없을 때
삶은 더 견딜 수 없을 것이다.

붉디붉은 그 꽃을

온 여름내 눈이 아리도록 피어 있던 꽃을
어느새 나는 잊었습니다
검게 타들어 가던 꽃잎을
바싹 마르던 꽃대를
떨리는 손으로 잘랐던 내 손도
기억나지 않습니다
잘라낸 검은 자국도
휑하니 비어 허공이 된 자리도
더는 내 마음에 남아있지 않습니다
다, 다, 잊었습니다 잊지 않고는
견딜 수가 없어서
싸락눈인지 눈물인지 내 눈에 서걱거려
흙 속에 잦아든 지 오래 인 당신을
붉디붉은 그 꽃을 아주 잊기로 했습니다*

* 나희덕 시에서

그림자조차도

마음을 쓰는 건 돈을 쓰는 것도 아닌데
아껴서 부자 되는 것도 아닌데
마음을 갖다 쓰면 가슴이 헐기라도 하나

고칠 수 없어 고장 난 채로
오래 소리 없이 산다
그림자끼리 산다
그림자를 데리고
밥을 같이 먹고, 차를 마시고
그림자끼리 부비고
그림자끼리 부둥켜안고
그림자를 밟을까 봐 피해 다니면서
한집에서 산다

언제부터인가
그림자가 보이지 않는다
불러도 소리가 없다

내 마음 안에서 사라진 그림자

동백역

너가 내게로 왔다 가는 시간이다
바람은 불고 나는 잠시 수몰지구에 선 것 같다

동백역
그러나 여긴 동백꽃도 동백섬도 없다
동백섬을 거치고 온 전동차를 기다릴 뿐이다
해운대 푸른 바다 넘실 지나며
그 바닷가에 놓고 간 물새 울음 칸칸이 태워
저녁 지는 해 고요히 경로석에 앉히고
먼 나라에서 오듯 달려올 것이다

그는 떠났다. 멀어져 가는 불빛으로
나는 움켜쥐고 있던 지구를 놓아 버렸다
그새, 우렁우렁 위험수위까지
가슴 속 멀고도 먼 길까지 물이 덮친다

해운대 바다 지나면 동백역
동백역 지나 시립미술관, 시립미술관 지나 센텀시
티

그는 고독의 날개 사이에 앉아 목마른 시름을 적시
며

그를 간간이 불러 깨우는 수영, 남천, 지게골 지나

───── 바람역까지 갈 것이다.

서해 바다, 당신

내 속에 들어 있는 거
버릴 만큼 버리고 남은 거
등기소포나 택배로나 보낼 걸
얼마큼 가벼워졌을까
받아 줄는지도 모르면서

당신을 기다리던 더딘 시간 몇 날, 내 마음 안에 일
던 높은 파도 몇 구비, 당신 눈물이 지나간 소금 꽃길
몇 리, 불쑥불쑥 살아나는 붉은 죄 몇 줄, 못다 한 이
야기 한 묶음,
꽁꽁 묶어 보낼 걸

본디 내 몸이었던 서해 바다 당신!

중량이 많이 나갈 것 같으나
중량이 없는
이 짐 다 보내고 나면
천근 외로움만 남을 걸

03

어느 새 계절이 바뀌었다

쌈박한 시 한 편 건져올릴지 몰라
서정의 강에 낚싯대 드리운다
어둑어둑 저녁해 지고 있는데
이번이 마지막이야,
힘껏 다시 한번 던져본다

쌈박한 건 이미 늦었는지
미끼가 시원찮은지
송사리와 피라미, 뒹구는 건 폐지 뿐이다

올 여름내 시와 싸우며 화해하며
한 철을 보냈다
이번 시집이 마지막이라 생각하며
마지막이니까, 마지막이어서

그러나 쌈박한 시는 끝내 오지 않는다

어느 새 계절이 바뀌었다
김장철이다

힘이 들어 내년부터 김치를 사 먹어야지 하면서
담근다, 차곡차곡 담아 딸에게 보내며
인자 마지막이다, 그랬더니
엄마, 벌써 몇 년째 그 소리를 하네
하며 피식 웃는다

마지막이란, 다음이 없다는 건데
다음이 없다는 건 내가 없다는 건데
내가 없다면 김치도 없고 시도 없고
밥도 없고 외로움도 없고 마음도 없고 너도 없
고————

에라, 모르겠다
머리나 쌈박하게 자르러 가야겠다

북이 되고 싶다

가끔, 몸 안에 든 것 다 들어내어
청소할 수 있었음 좋겠다
이를테면 속이 썩은 곳이나
숨이 막히는 곳 휑하니 뚫어놓고
염장 지르는 것을 끄집어내고
꼬이고 틀어진 곳 잘 달래놓고
삐거덕거리는 곳엔 기름 치고
미운 가시는 뿌리째 뽑아내어
면경 알같이 마음도 반들반들 닦아
냄새 나는 똥통마저 비워내면
오동나무처럼 가벼워질까

어둠 받아먹어 살진 몸, 텅 비워 놓았으니
북채 들어 나를 때리면 둥 둥 둥 맑은 소리 날까

가끔, 몸 안에 든 것 다 비운 북이 되고 싶다
어깻바람 솟아나는 북소리가 되고 싶다

호박

자연이 빚은 달항아리 닮은
누런 호박 두 덩이 사가지고 왔다
거실 창가에 두었더니
가을을 옮겨놓은 듯 멋진 풍경이 된다
그냥 바라만 봐도 푸근하고 정겹다
어쩌랴 입에 들어가는 즐거움과 눈에 들어오는 즐
거움 중
어느 것을 내치랴

그새 떼어 놓으면 안 될 듯
서로 엉덩이 붙이고 다정스레 자리를 잡았다
움푹 패인 배꼽 두 개가 웃고 있다
탯줄 끊은 자리는 상처가 아물어
덧나지는 않겠다

뙤약볕도 천둥 번개도
비바람도 겁내지 않겠다
벌레에게 뜯기지도 않겠다
살찌우려고 용쓰고 뒤척이지 않아도 되겠다

생전 가져보지 못한
편한 잠을 청해도 되겠다

사는 걸 잊어버리고 살아도 되는
여기가 이젠 네 집이다

마음을 보내다

내 안에 천 개의 마음이 있네

울었다가 웃었다가, 흐렸다가 맑았다가
가벼웠다가 무거웠다가, 애정했다가 애증했다가
죽고 싶었다가 살고 싶었다가
낯선 곳으로 떠나고 싶었다가 돌아오고 싶다가
바다가 좋았다가 산이 좋았다가
너가 좋았다가 너가 미웠다가── 아침 다르고 저녁
다른

어떤 게 내 마음인지 모르겠네
마음도 내 것인 줄 알았는데 내 것이 아니었네

힘주면 부러질 듯 덧없는 마음
갈대 같은 마음
마음은 쉴새없이 흔들리고 휩쓸리고
내 마음 믿을 수가 없네
믿을 수 없는 그것이 내 마음이네

길 잃은 마음 너에게로 흐른지 오래되었다

오래된 시골집 같은 편안하고 고요한 마음에게
마음을 보내다

눈물 한 방울

병원 대기자 모니터에
내 이름 뜨기를 오래오래 기다린다
얼굴이 가려워 수박 속 긁듯 긁었더니
청춘의 봄도 다 지났건만 울긋불긋 꽃동네다

'띵똥' 하고 대기자 이름이 한 칸씩 떨어지고
초조함은 쌓이고

그러나 그분과의 면담은 고작 1분가량
잠깐, 힐끔, 지나가는 그의 시선을 붙들려 하자
마주치면 낭패라도 날 듯
도망치듯 피한다

그는 바쁘다, 다음 환자를 호출해야 하니까

선생님! 병명은요?
혹시 알레르기성일까요, 식중독은 아닐까요?
내가 묻고 그가 답한다
접촉성 피부염, 화장독일 수도, 염색 원인일 수도—

이유는 많고 확실한 병명은 없다
내 마음도 벌겋게 뒤집어진다

처방전은 3일 분의 약과 연고
벌침 같은 주사 한 방

사는 것도 힘들고
좋은 선생 만나기도 힘들고
나쁜 선생 만나기도 힘든 세상

아, 마음의 눈물 한 방울

산다는 건

황새는 울고 싶어도 울대가 없어
울지 못하고
산양은 돌이끼를 먹기 위해
수직의 절벽을 기어올라야 하고
이파리들은 햇빛을 받으려고
위로만 위로만 올라가야 하고

춘란은 꽃봉오리를 맺고도 일곱 달이
지나서야 꽃을 피운다는데
꾀꼬리는 하루에 삼천 번쯤 우짖고
그 소리로 자신을 지킨다 하는데

랭보는 피를 찍어 시를 쓴다는데
누에는 제 몸의 이천 배나 되는 실을
뽑아낸다는데
나는 시인이 되기 위해
몇 그램의 피를 뽑아 썼을까

산다는 건,

오가는 사람 드문 자욱 길처럼 외롭고

돌이 많이 깔린 비탈길처럼 험하고

휘어진 후밋길을 걸어 걸어 너에게 닿는 것이리

가을 역

겨울을 통과할 때쯤이면
꽃이 그렇듯 나도 말이 없어진다
몇 년 만에 바람을 동행하여
지하철역 스크린도어 앞에 서다
희미하게 그려진 내 모습이 앙상하고 낯설다

밖은 어딜 가나 말이 넘친다

　ㅡ이번 역은 남천 남천역입니다 내리실 분은 오른쪽
입니다
　ㅡ두고 내리시는 물건이 없으신지 다시 한번 살펴보
시기 바랍니다

　늘 같은 레파토리ㅡ

하염없이 달리기만 하는 너 전동차여
오늘 잠깐 꿈꾸듯 몇 마디 거짓말을 빌려와
　ㅡ승객 여러분! '봄'으로 가실 분은 이번 역에서 내려
다음 열차로 환승하시기 바랍니다

아, 아, 내 맘대로 내 운명을 환승할 수 있다면 그만
가을 역에 내리고 싶다

가을 오는 길목에
한여름 매미울음 다 먹어 치우고
목이 길어진 코스모스의 운명으로 서 있거나
꽃살 마르도록 지아비를 기다리는
쑥부쟁이 남모르는 눈물로 앉았거나
조용히 고개 숙여 책을 읽는
물가의 갈대로 평생을 살거나

아, 가을 역에 와서 나는 다시 환생하고싶다

그리움은 늘 그곳에 있다

먼 곳에 있는 사람이 때론 더 가까이 느낄 때가 있
다

손톱에 봉숭아 꽃물 지워질 때쯤이면
첫눈처럼 오는 전화
저문 바닷길 건너온 목소리엔
늘 촉촉한 물기가 배어 있다

그간의 안부와 근황을 묻고
한동안 멀었던 마음 가깝게 닿는 동안
그는 어느새 내 안에 들어와
어른대는 첫눈이었다가, 꽃이었다가
멀고 먼 그리움이 된다

나는 아무래도 다 닳아빠진 발뒤꿈치 한쪽을
그곳에 놓아두고 온 것 같다
종려나무 푸른 그늘 아래이거나
산호섬 은모래 눈부시게 반짝이던 햇살 위이거나

내 숨결, 수시로 만지는 사람아
살아있다는 것을 선명히 떠올리게 하는 힘
그것은 그리움일 것이다

사는 동안 그리움은 늘 그곳에 있으니

폐차

이 세상 투어 끝내고 마지막 숨결 놓는 날
내 일기장 뒷페이지에 이렇게 쓰리라

아름다운 세상 너무 많이 밟고 지나왔습니다
그리운 이에게 닿기 위해 수없이 추월하였습니다
온갖 유혹에 한눈파느라 중앙선을 지키지 못했습니
다
아무에게나 돌 던지며 흙탕물 튀기며 과속을 일삼
았습니다

여기까지 오는데 참 많은 죄 지었습니다

'몽마르트 언덕'에서 쓰는 엽서

너무 멀리 오고 말았습니다
아무도 나를 기억하지 못하는
이 몽마르트 언덕에서
길을 잃어도 좋겠습니다
멀면 멀수록 그리운 게 사람이라지만
헤어지고 만나는 것도 이제 신물이 나서
여기 오래오래 엉덩이 붙이고 숨어 산다면
나 어느새 낯선 이방인의 눈빛을 닮아 가겠지요
망초꽃 같은 거리의 악사들
목청 뽑아 선물하는 혼이 담긴 노래에
발목 잡히기도 하면서
빛이 가득한 거리의 온기 속을
취한 듯 어슬렁거리며
아름다움마저 슬픔인 이 거리에서
당신을 잊어도 좋겠습니다

비 꽃

후둑 후드득 비가 지나간다
가랑비도 아닌 물방울 두서너 개
이걸 비 꽃이라 하던가

비가 본격적으로 내리기 전에
한두 방울씩 내리다 마는

아주 많이는 오지 않고
오래 울은 사람의 마지막 흐느낌처럼

한두 방울씩— 서너 방울씩
발끝의 자잘한 잔돌을 적시며

다음 날도 그다음 날도
온다는 사람은 오지 않고

꽃송이처럼— 꽃송이처럼
비 꽃이 오네

자드락비 오기 전에
너도 이쯤에서 왔으면 좋겠다

보고 싶다

* 자드락비: 굵직하고 거세게 퍼붓는 비

느리고 단순하게, 가끔 멈추며

루바토란 말 아세요?
박자에 얽매이지 말고 자유롭게 연주하라는 뜻이래
요
삶도 그와 같을 거에요
어느 때는 느리게 또 어느 때는 빠르게

내 마음이 어디로 흘러가는지
내 마음에 어떤 생각이 들어오는지
내 마음 안은 지금 어떤 색으로
물들어 가고 있는지

시간의 자유, 마음의 자유, 방황의 자유
우리는 자유를 잊고 산지 오래 된 것 같아요
그것이 무슨 삶이겠어요

그냥 마음 가는 대로 살아보지 않을래요
당신이 걷는 쪽으로 몸을 기울이며
우리만의 속도로
느리고 단순하게, 가끔 멈추며

자유롭게 그러나 평화롭게

어쩌면 우리는 서로의 루바토가
되어줄 수 있을지도 몰라요
어떤가요? 내가 당신의 루바토가 되어도
괜찮을까요? 괜찮을런지요?

산책

하루해 설핏해진 저녁 답
강아지 끌고 산책길 나섰는데
황학동 주방거리에 들어서자
찌그러진 놋쇠, 한참 오래된 그릇들이
눈길을 붙든다
세월의 녹을 잔뜩 먹고
어느 세월에 어느 누구랑 싸움판을 벌였는지
이 빠지고 찌그러지고, 그 모양새
하나같이 사연이 있어 보인다
내 살아온 날보다 더 많이 산 듯한
그러나 왠지 저 그릇들 편안하고 친근하다
잠시 맺혔다 흘러내리는 게 목숨이라지만
저 목숨은 영원이다
사람 늙어 맑은 걸레로 아무리 닦아 광 낸들
저 진열대에 앉을 수나 있겠나
살아갈수록 버릴 것이 많을 생이라
내가 버린 것 저 어느 곳 한자리 차지하고 있을지 몰
라
두리번거린다

〉

　가다가 멈춘 내 걸음 강아지는 칭얼대며 자꾸 잡아
당기고
　내 바짓가랑이는 살랑살랑 저녁 바람에
　무심히 나부끼고

가만히 불러본다

괜스리 눈물 나는 나이
마주 앉은 그녀의 한쪽 뺨엔
저녁 해가 뉘엿뉘엿
그래, 우리에겐 아름다운 노을이 있지

서로의 마음 읽어주고, 어루만져 주며
손잡고 다녔던 이름들,
가만히 불러본다.

모란꽃 문희, 접시꽃 춘희, 진달래꽃 옥자
난초꽃 경자, 복숭아꽃 소순, 수련꽃 향아
개나리꽃 경옥, 수선화 민정

우리에게도 스무 살 흰 사과꽃 같은 시절이 있었지

나이 들수록 그리움이 많은 삶이 행복한 거래
풀벌레 울음소리에도, 꽃나무에게도, 냇가의 버들
치에게도,
바람에게도, 일생의 어떤 기억에게도

그리움은 들어 있을 게다

이름을 불러주면 그들도 그립다고, 말을 걸어 올 것
이다

여름꽃이 지고 있다
시간은 흐르고 추억은 흩어져 간다

남은 생이 시리고 공허하더라도
뒤돌아보지 말자, 더러는 잊고.

거울을 보는 순간

누군가가 거울을 들여다보고 있다
내가 아닌 다른 이가, 슬픈 듯

누군가가 들락거리는 것 같다
내가 살고 있는 내 집에, 처음이 아닌 듯

흐릿해져 가는 거울을 닦으며
흐린 거울 속의 나를 닦으며

이내처럼 뿌연 눈빛으로 나를 바라본다
묵언 기도 중인 듯한 저 표정
탱탱하던 살갗은 이지러지는 달 같고
머리칼은 개망초꽃같이 허옇게 피었고
언제 무너질지도 모를
이 세상 건너온 저 굽은 다리
매혹도 매력도 갖다 버린지 오래다

거울을 보는 순간
나도 그를 물끄러미 들여다본다

밥보다 꽃을 좋아하고 풀벌레를 좋아하고
별을 좋아하고 동물 다큐멘터리를 좋아하고

가련한 것을 좋아하는, 그를

그 여자

봄, 여름, 가을, 겨울, 한 철도 빠짐 없이
계절을 타는 여자
단단해 보이지만 메밀묵 같은 여자
무소유를 사랑해서 소지품을
잘 잃어버리는 여자
들 패랭이꽃 같은 여자
한 주먹씩 약을 밥처럼 삼키는 여자
마음 안에서 길을 자주 잃는 여자

그녀의 주머니를 뒤지면
따뜻한 주머니 속엔
아카시아 잎사귀보다 많은
그리움을 넣어 다닌다

제 가슴 안에 넓은 마당을 가진 여자
넓은 마당을 가졌지만
공깃돌 같은 여자
햇살 좋은 곳에 앉아
해지도록 가지고 놀고 싶은 여자

〉

나의 앞모습 반, 뒷모습 반을 닮은
그 여자

나를 만나면 무엇이든 주고 싶어 한다
이런저런 속마음까지
툭툭 털어주고 싶어 한다

황재연

마른 나뭇가지에
연둣빛 물이 오르다

04

겨울 아이

    − 혜윤에게

아가야, 너가 태어난 날은
매듭달 이레날
노을도 붉게 꽃으로 피어나는
아름다운 섬 제주에서
첫 울음을 울었지

처음 만날 때 너는
물결 무늬 고둥처럼
귀엽고 작았단다
무량한 우주 어디메서
누가 보내주셨는지
너무 환하고 예뻐서
아기 천사가 내려온 것 같았지

우리 아가가 말문이 트이면
꽃과 강아지와
너보다 큰 올리브나무가
친구가 되어줄 거야

삶은 사랑이 뭔가
배우러 오는 것이란다
꽃에게서 배우고
나무에게서 배우고
강아지에게서도 배우고
배워서 베푸는 거지

엄마 뱃속에 들었을 때
너의 태명은 겨울이란다
겨울에 태어날 거라고 이름 지어진
겨울아, 겨울아
겨울처럼 맑고 참하게 크거라
사랑하는 혜윤아

* 매듭달 : 12월의 우리말

폐허

허공을 지우는 갈대밭 사이로
세상 버리고 온 남루한 신발 외짝
가지 못한 먼데 길 우두커니 보고 있네
산을 헤매던 뜨내기 솔방울 하나
마른 몸 잠시 두고 간 풀숲에는
끼니마다 배고픈 줄 모르고
쉰내 나는 흙바람도 나눠 먹는
지칭개, 애기똥풀, 금잠초, 흰 토끼풀
하루 내내 햇살 만지고 노네
아직 남은 노을의 머뭇거림 속으로, 일개미
목숨의 길 고요히 더듬어 가고
저녁 으스름 수북이 와서 안기는
폐허도 아름다울 때가 있네

구산이의 말동무

제주도 구좌읍 당근밭과 돌담 사이
구산이가 있다
그곳은 올리브나무 까만 열매와
햇볕이 모여있기 때문이다

구산이는 7살부터 뇌수막염을 앓고 있는
아픈 강아지다
수의사는 6개월 넘기기 어렵다 했지만
그러고도 4년을 더 살고 있다

스테로이드를 오래 먹어 뒷다리를 못 쓰지만
자기가 왜 앞다리로만 걸어야
하는지도 모른다

말티즈 구산이는 참 예쁜 남자아이였다
뽀얀 털이 솜뭉치 같고 뭉게구름 같았다
눈동자는 무한히 크고 새까매서
사람으로 치면 잘생긴 남자다
잘생긴 녀석이 사랑 한번 하지 못하고

흔적도 남기질 못하고 열 살을 살고 있다

앞마당 올리브 나무는 구산이의 말동무이다
제 발치에 와 엎드려 있으면
심심할까 봐 잘 익은 검은 열매를 한 알씩 던져준다
옆집 능소화도 담장 밖으로 애처롭게 목을 빼고
구산이를 하염없이 내려다본다
고단하고 외로운 삶을 들어 주고
어루만져 주는 말동무들이다

앞집 당근밭이 초록초록해지면
구산이가 가을벌레들과 힘차게
뛰어노는 모습을 볼 수 있었음 좋겠다

저승꽃

꽃밭도 들판도 아닌
메마른 그녀 손등에
저승꽃 몇 송이 피어 있네

오! 놀라워라 저 생명력

하긴, 몸에도 흐르는 물길이 있어
그, 물 받아먹고 피었으리

흙에서 태어나, 흙으로 돌아가는 길
허망하고 허망해서
검은 씨앗 몇 톨
마법처럼 뿌려놓은 것인가
저렇게 질기게 번지는 걸 보면
너의 전생은 야생화였으리

발밑에 밟히고 찬바람에 울기 싫어
평생 같이 살 터
마침내 운명처럼 찾았는가

사철 지지도 않지
어르고 달래도 지워지지도 않는

저, 꽃 누구도 꺾지 못하리

풍랑주의보

바람이 궁금해서 길을 나섰다

대로에 검정 우산 하나
홑치마 발랑 까뒤집고 길을 막고 누워
녹슨 뼈마디 드러내 놓고 펄럭인다

누가, 버리고 갔다

한땐 얼마나 뜨거운 관계였었나
잃을까 봐 손가락 반지처럼 애지중지하는

그 시절엔, 그 속에
천둥 번개가 있을 줄 몰랐겠지
꽃비만 들어있는 줄 알았었겠지

거센 바람 검은 치맛자락 모지락스럽게 찢고 간다
어떡하나 저, 벗은 아랫도리

보라, 보라

사랑의 마지막은 이런 것이야
나의 젖은 눈을 붙드는, 또 젖은 눈

사랑이 끝나면 한 생도 끝나는 가

풍랑주의보 속,
저도 비 흠씬 두들겨 맞으며 갔겠다
새 애인을 사러, 미련 없이

호밀에게 배우다

호밀 한 포기의 잔뿌리는 1천3백만 개.
총연장은 6백 킬로미터나 된다 하는데

호밀은 제 줄기 끝에 이삭을 달려고
1천3백만 개의 잔뿌리를 늘려가는 동안

나는, 치마 길이를 걱정하고
오늘 먹은 칼로리를 걱정하고
뱃살을 걱정하고
선크림 자외선 차단 지수를 걱정하는
한 포기 호밀만도 못한 생을 살았네

넘어지지 않으려고
한 뼘 땅을 눈물겹게 움켜쥐고
한 모금의 물을 얻기 위해
저렇게 무수한 손과 발을 목숨처럼 키우는 동안
나는 빈 들녘 허수아비처럼
아무것에나 흔들리며 허랑하게 살았네

인간이라는 게 호밀만도 못하였으니
풋거름이 되고 사료가 되는
저 호밀 껍데기만도 못하였으니
누가 나를 쓰일 데 없다고
이 지구에서 쑥 뽑아 내버리면?

몰랐던 그 말

옛날에 울 엄마
조물락조물락 반찬 만들어 밥 지어 드시면서
―내 손이 내 딸이다 하던 말씀
기억에 사무치네
입맛 잃고 쓰러져 누웠다가
잠마저 쓸어내는 허기에 못 이겨
찬 몇 가지 설렁설렁 만들어 밥 넘기다가
나도 모르게 튀어나온 혼잣말
―내 손이 내 딸이네

상머리에 앉아
꼬박꼬박 밥 받아먹는 남정네들
진정 그 말의 속뜻 모르리라
내 손이 왜 내 딸인지
딸이 되어 본 적 없어 모르리라
가까이 있는 내 손이 내 딸보다 나은 밥상은
왜 그리 쓸쓸한지
왜 그리 목메이는지
울 엄마 혼잣말 씹으실 제

〉

나 당신 딸이었는데도 몰랐던 그 말
가슴에 절절 사무치네

이사

아랫집이 이사를 간다
작별 인사도 없이
2년이나 살았을까? 그러나
성도 이름도 얼굴도 모른다
아침 일찍 사다리차가 와
인생의 짐을 끌어 내리고 있다
이 무더운 복날에

다음 보따리를 풀 아래층 식구는
좀 시끄러웠음 좋겠다
사람 소리도 들리고
생선 굽는 냄새도 올라오고
된장, 고추장도 얻으러 왔음 좋겠다

노년의 저녁이면 마음은 늘
개나리봇짐 같은 이삿짐을
쌌다 풀었다 한다
내 몸뚱이 어느 요양원에 가게 될지
어느 자식이 데려가 줄지

사다리차도 필요 없는

노년의 이삿짐

인생은, 이삿짐 꾸리다 가는 것 같다

지게

나는 지게라네
지게처럼 두 다리를 가졌다네
다리가 둘이라 심심하진 않아
엇둘, 엇둘, 때론 넘어지기도 하지

눈만 뜨면 물컹한 짐을 싣고 다닌다네
그러나 한 번도 짐삯을 받은 적은 없지
세월이 갈수록 짐은 무겁고
나는 비틀거린다네

어떨 땐 중심을 못 잡아
엎어지기도 하지
낡아도 갈아 끼울 수가 없다네

숨이 버거운 관절에선
자갈돌 부딪히는 소리 나데
지고 가던 짐 부려놓고 싶네

겉으론 매끈하고 단단한 지게 같지만

나는 밑창 닳은 신발 끌고 다니는
휘인 다리라네

보리밥

자식네 집에 가면
쌀밥에 섞이는 보리밥 같다

살면 살수록 검불 같은 세상

허리 졸라매고 태산보다 높다는
보릿고개도 넘었는데
개다리소반에 찬밥 신세로도
살았는데
바닥에서 눌은 밥으로
살 태우며 살은 세월은 또 어쩌고

단지, 싸락눈처럼 입안에서
살살 녹는 흰 쌀밥이 아닌 죄로
멧밥이나 차례상에 올라
큰절도, 귀한 대접도 받아본 적 없지

쌀과 보리는 섞이는 관계인데
쌀밥 속의 보리밥은 항상 겉돈다

〉

세상에 겉도는 나처럼

낮술 한 잔

뭐니뭐니해도 앞산 뒷산 단풍 들면 최백호 노래 아이가
그 시절 갈 곳 없는 여자들 수두룩 했어
가을이 오기 전에는 그럭저럭 참고 살았는디
옷자락 새로 찬바람 몰아 들면
마음은 갈 곳을 잃은 가시내들 한둘이었겠어

가슴이 벌렁벌렁 밖으로 뛰어나올 것 같아서
밥솥 스위치 올려놓고 바다로
내빼지 않았겠어
너는 모래 뻘에 서서 울고, 나는 모래밭에
앉아서 울었었제
파도처럼 부서지고 싶어 물새처럼 울었었제

살아보니께 자식도 서방도 다 부질없고 맹탕이여
귀신보다 무섭고 모질던 시어미 가고 나니
세상에 무서울 게 없어야
뭣 땜에 그렇게 살았는가, 뭣 한다고 콧물 눈물 빼며

꺼멓게 속 달이며 살았는가
지금에 사 생각하면 내가 머저리같이 보여야
평생 허리 졸라매고 자식 농사 지어놓아 봤자
지 잘 나 잘된 줄만 알지 나한테 돌아오는 건
쥐새끼 불알만도 못해여
근심 걱정만 안 보태 주면 쓰겠어

인자는 내 마음 갈 곳 잃어도 갈 곳도 없고
모래밭에 앉아 울어봤자 청승이라 하지 않겠어?
시방 어디다 서방 묻고 온 년인가 하지 않겠어?
살아 본 께 세상 별것도 아니여
앞가슴 꽁꽁 쳐 매고 살 것도 아니었어야

오늘에 사 내 한테 미안해서 낮술 한 잔 부어주고
또 부어주고 취하도록 부어주어
최백호 그넘 노래 틀어놓고 광대처럼 한 번 놀아볼
라요
멍울멍울 맺힌 한을 풀어 볼라요

겨울산

모처럼 겨울산에 왔습니다
다들 뭘 먹고 사나 궁금해서 올라왔는데
바람만 지나다닐 뿐
새 한 마리 날지 않네요
산 밑은 꽁꽁 얼고
산 위는 적막 하네요
바위도 몸을 웅크리고
나무는 추워서 몸을 흔듭니다
마지막 남은 잎사귀 몇 잎 털어내고 나면
나무는 조용히 울지 않을까요?
외로움은 누구나 견딜 수 없는 것이니까요
산자락 끌고 내려가던 물도 가뭄입니다
그 많던 풀꽃들은 코끝도 안보이고
왜 왔니? 왜 왔니? 쌓인 낙엽들만
궁시렁거립니다
내가 산을 괜히 올라왔나 싶어
어쩔 줄 몰라 하다
누가 올라오라 하지도 않았는데 올라왔으니
아무도 내려가라 내려가라 하지도 않아서

내가 내려갑니다

손도 얼고, 발도 얼고, 속도 얼어서

자꾸만 발을 헛디뎠습니다

나뭇가지가 붙들어 주지 않았다면

하늘에 별 될뻔했지요

산 밑에서도 넘어지고

산 위에서도 넘어지고

생은 온통 넘어지는 일뿐입니다

그래도 올라갔던 길 내려가야겠지요

아직 살아야 할 계절이 남아 있으니까요

마당 넓은 집
– 아버님 기일에

가뭇없이 멀어져 간 기억의 뒤꼍 돌아 나오면 긴
싸리비로 가슴 쓸어내리듯 넓은 마당 비질하시던
아버지의 굽은 어깨 보입니다
당신 안에 뜨는 수심 건져 내시듯 골목 도랑에
고개 묻고 물길 막는 썩은 물결 거두어 내시던
아버지의 아침, 작은 바람에도 어리광부리던 꽃머리
진노랑 진빨강 진분홍 채송화 꽃잎과 다정하게
몸 기울이고 정담 나누시던 모습 지워져 가고
그 모습 반쯤 닮은 나 여기 섰노니 아버지
부서지고 깨어지고 날카로운 이빨 가진 세월 스쳐
지나고 내 망막에서 젊은 아버지의 모습이 수없이
흔들리고 불 꺼진 시간 뒤란에 파스텔로 떨어지는
채송화 꽃잎들이 무시로 반짝여 하늘 탱탱 얼어붙던
동짓날 해거름 바람의 가슴으로 드신 내 아버지
마른 뼈 기억합니다

우리는

매일 출석 도장을 찍는 카톡 친구가 있다
그는 카톡 친구지만 소꿉친구 같다

생각을 맞출 일 없으니 싸울 일도 없고
만날 일 없으니 헤어질 일도 없다

못 만나서 서러울 일 없고
약속에 지각할 일도 없다

손잡은 일 없으니
열정을 바칠 일도 없지

은유로 와도
해독하지 않아도 되는
맨 마지막에 오는 덤덤한 사랑 같은
없는 게 없을수록 없는 게 많은

우리는 친애하는 사이다

겨울, 바다에서

다시 바다로 나가는 건
추억 때문이다
먼바다를 바라보는 것은
남기고 간 그리움 때문이다
파도는 자꾸 지나간 시간을 뒤적이고
텅 빈 손바닥에서 쥐었다 놓은 물길
다시 밀물져 들어온다
외따로 서 있는 저 등대의 적막한 눈빛
저것이 바로 나인 것을
그 기억들 사이로 떠오르며 솟구치는 파도
검고 깊은 물길이 나였던 것을
슬픔을 건너다니는 흰 물새 떼
누가 있어 저리 서녘 하늘을 돌고 도는지
쓰디쓴 기억을 밀봉해서 던진다

가장 추운 곳에 추운 마음을 버리고 돌아선다

저녁

나, 어두울수록 환한 너 모습
고통의 끝까지 가다 보면
세상일 다 맑은 물속 같더라

돌아보면 인생은 겨우 한나절
슬픈 것은 점점 사랑할 시간이
줄어들고 있다는 것
그러나 더 슬픈 건
더는 줄 것이 없다는 것이다
정말로 서글픈 일은
마주 보고 있어도 믿지 못하고
손잡고 있어도 달아나는 그 마음이다

다 잊었노라, 발목까지
강물 차오르는 저녁
정작 그리운 이 멀리 두고
온몸으로 나는 아프다